KB105669

대새녀의 메이크업 이야기 2

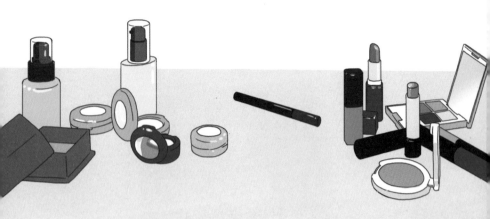

CONTENTS

대세녀의 메이크업 이야기 2

2

여은 지음

책들의정원

잃어버렸다구?!

그 때 받고서 바로 가방에 넣었는데..

어디에 떨어트린 것 같아요...

네.. 죄송해요..

..그럼 그 때 찍었던 건 새로 다시 찍어야겠네.

......

...그렇지, 아무래도.

..그래,
이미 잃어버린 거
어쩔 수 없고.

그럼 언제가
좋지... 시간은 되니,
다들?

시간 맞추기가
애매하네..

테스트컷이라
재촬영 하면
되니까.

....

부들

부들

미리 준 나도
잘못 했지만,

....다음부턴
제대로 챙기자.

동아리라고
쉽게 생각하지도
말고.

..형-

-죄송합니다.

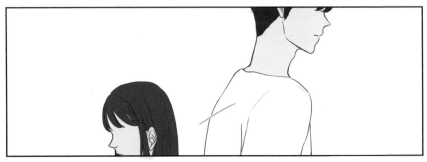

어디에
흘렸는지는
기억 안나?

일단
분실물 센터에도
말은 했어요.

누가
주워갔을 수도
있으니까..

..저기.

!

기분,
나빴다면
사과할게.

아...참.

의심하고
그랬던 건
아니구-

...
아니 뭐..
나도 예민했어.
괜찮아.

-야
근데 너 진짜
못본거 맞-

다랑언니-

초조해서
말투가 그렇게
나왔던 거 같애.
미안해.

사진은 로케 다시 가서 찍으면 되는거잖아요, 그쵸?

응.. 그치.

그쵸~? 다행이다.

일단 일정을 잡아봐야 겠는데..

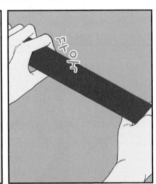

꾸욱

후-

.....

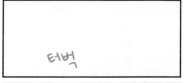

터벅

터벅

어후~

집에 잘 갔으려나..

연습 때문에 데려다주지도 못하고.

그럼 먼저 갈게

에이씨... 응?

..윤예슬?

찌증

-잠깐.

어제 잃어버렸다고 했는데

....

그 담날 바로 책상에 올려놔져있으면 의심가지 않나..?

그래, 동방 말고 분실물 센터에-

-맡겨야..

...!!!

..너

..하..하람.

그거-

로케가서
촬영한 거
아니야?

저벅

저벅

김경아가
잃어버렸던-

-아, 아니야!

그래?
그럼 줘 봐.
확인해보게.

-무, 무슨!!

니꺼면
못 줄 이유 없잖아!

아, 아니라니까!!

내꺼-!
내꺼라고!
레포트 파일
저장한-!!!!

그러니까-!

확인만 해보자고!

맞으면
내가
사과할..

-!!

...아-씨...

후

작작하지,
하람?

짜증나게
진짜-

맞지!?
잃어버린 카드-!

다들 찾는 거
뻔히 알면서-!

야, 너-

너 진짜
미쳤냐?!

어떻게-!

김경아
좋아하지?

이현 선배 좋아하는데.

꾸욱...

으

어? 알고 있었어?

하긴 모를리가 없나..

잘됐다.

니가 찾았다고 하자.

나 그렇게 나쁜 애 아니야~

방긋

..내가,

이현이 형한테 말하면?

15분 전.

그 책-
동방 책장에
꽂혀있거든.

아, 어.
동방 어디?

아,
책장에..

보구 다시
꽂아놓으면
되지?

감사~

책 이름이
뭐였더라..

-

-

어차피
나도 이거,

...?

홧김에
가져온거라-

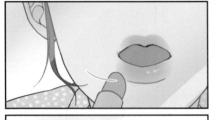

아 입술
건조해~

음~
으흐음~
음음~

립밤 좀
사야겠...

아
진짜...
이 자식은..

뭐해? 학교야?

저녁사줄게ㅎ

그렇게
씹어대도
끈질기네..

이현오빠

아직 학교면 잠깐 보자.

저 밥
사주시면-

..안돼요?

..윤예슬.

네, 네!
무슨 일...

바로 얘기할게.

무슨...

SD카드,

네가 갖고
있었어?

하람이랑
둘이 무슨 얘기를
했는지는 몰라도,

뭐하는건데,

너.

우물
쭈물

..선배..!

그...
그게 아니라요-!
저기..!

-동아리,

031

... 뭐하느라 이제 와?

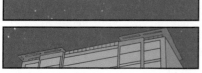

피곤해애....

카드.. 찾느라.. 돌아다니느라..

풀썩

그놈의 카드는 어디간거야, 대체.

학교는 다 찾아본 것 같은데....

......

졸려...

야, 안돼-!

정신차려! 화장 지우고 자, 얼르은~!

아.. 힘들어...

힘들어도 안돼, 피부 노답되면 더 스트레스야, 빨리! 일어낫!

허엉...

메이크업은 하는 것 보다 지우는게 더 중요하다는 말, 몰라?

우선 포인트 메이크업부터-

고정력이 강한
아이라이너나 마스카라는
전용 리무버를 사용해야 해.

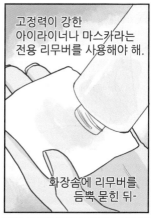

화장솜에 리무버를
듬뿍 묻힌 뒤-

눈두덩이에 가볍게 올려놓고
화장품이 충분히 녹도록 잠시 기다려.

엎어놓을 때는 속눈썹을 위로
들어올린 채로 엎어놓은 뒤,

위쪽으로 쓸어올리듯 닦아내야,
속눈썹 아래에 묻은 마스카라까지 깔끔히
닦아낼 수 있지.

위를 향해
(마스카라는 주로
속눈썹 아래에
발리기 때문)

화장솜을 반 접어 깨끗한 면으로
애교살 부분도 잘 닦아내고,

바깥을 향해

리무버로 면봉을 적셔
눈 앞머리 안쪽이나 언더 점막,

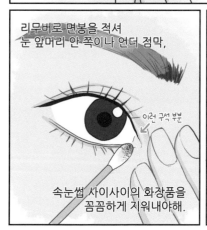

이런 구석 부분

속눈썹 사이사이의 화장품을
꼼꼼하게 지워내야해.

립 메이크업도 마찬가지로
화장솜에 리무버를 듬뿍 묻혀

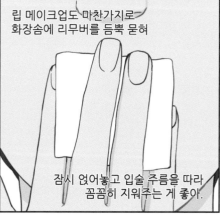

잠시 엎어놓고 입술 주름을 따라
꼼꼼히 지워주는 게 좋아.

이렇게 꼼꼼히
포인트 메이크업을
닦아내지 않으면

눈가와 입가에
거뭇하게 색소침착이
될 수도 있어.

화장을 지우니 갑자기
이목구비가 사라진 느낌…

멍…

포인트 메이크업을
지워냈으니,
베이스 메이크업을
지워볼까?

베이스 메이크업의 클렌징 제품은 다양해.
크게는 워터 / 젤 / 크림 / 오일로 나눌 수 있는데,
(♦세정력이 비교적 약한 제품 / ♦세정력이 비교적 강한 제품)

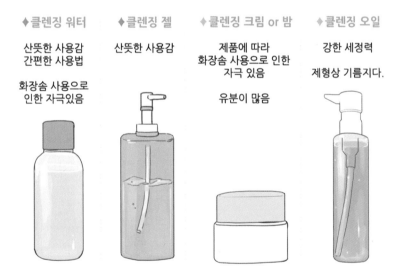

♦클렌징 워터	♦클렌징 젤	♦클렌징 크림 or 밤	♦클렌징 오일
산뜻한 사용감 간편한 사용법	산뜻한 사용감	제품에 따라 화장솜 사용으로 인한 자극 있음	강한 세정력
화장솜 사용으로 인한 자극있음		유분이 많음	제형상 기름지다.

저마다 가진 장단점이 다르기 때문에
자신에게 맞는 제품으로 클렌징하는 것이 무엇보다 중요하지.

클렌징 워터는 간단하게 화장솜에 묻혀서 닦아 내는 걸로 클렌징이 끝나기 때문에,

간편하다는 장점이 있지만, 진한 메이크업을 지우는 딥클렌징은 힘들어.

딥클렌징을 위해선 과정을 좀 더 거쳐야 하지.

1. 적당량의 클렌징 제품을 손에 덜어낸다.

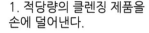

클렌저는 넉넉히. 양이 적으면 클렌징이 잘 안되거나, 피부에 자극이 될 수 있다.

2. 화장품이 충분히 녹아나오도록 마른 얼굴에 클렌징 제품을 묻혀 부드럽게 롤링한다.

구석구석 화장품이 남지 않도록

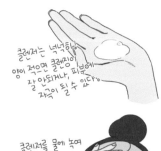

클렌저를 물에 녹여 잘 씻기도록하는 과정을 "유화과정" 이라고 한다.

3. 클렌저가 물에 녹도록, 손에 물을 살짝 묻혀 다시 한번 롤링한다. (크림/밤은 티슈로 닦아낸다)

여기까지가 1차 클렌징.

4. 미온수로 충분히 헹궈낸다.

롤링은 너무 짧게 하면 클렌징이 제대로 안되지만

너무 길게 해도 안좋은게-

녹아 나온 화장품, 각질 등이 다시 트러블을 만들 수도 있거든.

자극도 심해지고 말이야

그리고 첫 롤링 후 녹아나온 클렌저를 티슈로 닦아내는 식의 제품도 있는데, (주로 클렌징 크림이 그렇다)

마른 피부를 티슈로 닦아낼 때 자극이 될 수 있어 민감성 피부에게는 추천하지 않아.

TIP 같은 맥락으로 클렌징 티슈 또한 자극이 될 수 있어 추천하지 않는다.

피부 표면을 닦아내는 식이라

← 모공 속의 베이스 제품은 깔끔히 클렌징 되지 않을수도 있다.

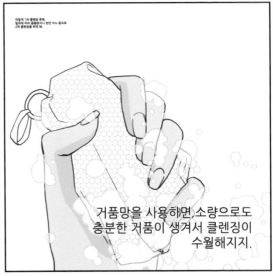

더블링 1차 클렌징 후에, 필요에 따라 솔웨션지나 천연 비누 등으로 2차 클렌징을 하면 돼.

거품망을 사용하면, 소량으로도 충분한 거품이 생겨서 클렌징이 수월해지지.

하지만 역시 과도한 2차 클렌징으로 부작용이 생길 수 있으니 주의 할 것.

건조한 건성피부나 쉽게 자극받는 민감성 피부나.

클렌징도 여간 힘든 게 아니네..

그럼 그럼. 쉬운 게 어딨어, 세상에.

+클렌징 후 충분한 보습은 필수!

하람쩡

에스디카드 찾았어

어...?

...ㅎ...
..하람!!

..엘리베이터
안타고
계단으로 왔어?

...헥..
..어.....
엘리..베이터..
늦길래...
헉..

...그,
카드는?!

......

자.

어디- 어디서 찾았어?!

그렇게 찾아도 없더니-!!!

...어.

가, 강의실에.

어엇

강의실에서 찾았을 때 없었는데..?

그.. 구석, 구석에 있더라.

발에 치여서- 구석까지 갔었나봐.

바닥이랑 책상 밑만 봤었잖아.

아..!

필통에서 빠졌었던 건가......

아, 암튼 다행이다 진짜~~~

풀썩

간떨려 죽는 줄 알았네~

-

고마워!!!! 하람!!

벌떡

아, 아니 뭘...

내가 밥이라도 살게!

아,
아니..

아-
족발 말고
딴거?!

꾸욱

너 먹고
싶은걸로
먹자.

너 회덮밥
좋아하니까
그것도 괜찮구.

아
말하니까
침고여-!

배고파진
것 같아!!

어휴.

악!!

꾸욱

아오
하람 진짜-!!

간다-
들어가.

어, 어....

먹고싶은 거
생각해놔!

표정이
왜 저래..?

여보세요.

어, 람아. 난데-

..네, 이현이 형?

예슬이한테서 SD카드 받았어?

-

형이.. 어떻게..

-윤예슬하고,

...아까,

지나가다
봤거든.

무슨 일
있었어?

-!

...둘이,

무슨 일이
있었는지는
잘 모르겠지만

끼익..

..카드는
받은거야?

...뭐,
내가 상관할 일은
아닌건가.

..네.
방금 경아한테
주고 왔어요.

아, 그래..

......

윤예슬이
가져갔던거라고,
말 안했으면
좋겠어요.

...형!

....어?

..그..

..김경아,

소...
소심하거든요.

윤예슬이
가져갔었던 거
알아도

윤예슬 탓 안하고
자기가 뭘 잘못했는지
생각할 애라서-

그러니까
모르는 게
낫지않을까..

....

..진짜,
소심해서..

음,
알았어.

......

......

...
변명 죽인다,
하람.

이지인

찾았다고?

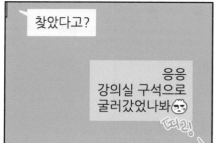

찾았다고?

응응
강의실 구석으로
굴러갔었나봐�

강의실 구석으로
굴러갔었나봐�

그래두 다행이다야 찾아서.

그르니깐ㅎㅎㅎㅎ

....어,

안녕.. 하세요!

..어, 응.

....!

....!

-아,

...수... 수업 있으셨.. 어요?

아, 도서관에 좀..

머쓱...

..!

아 맞다, 찾았어요! SD카드요!

아-
정말?

윤예슬이
가져갔던 거라고,
말 안했으면
좋겠어요.

어.. 어디서
찾았어?

아. 강의실
구석에 떨어졌었나
봐요-

제가 구석은
못봤어가지구..

지금
파일 옮기구 드릴게요,
잠시만요.

잠깐만요-

두적
두적

……

금방
옮길게요.

...
...저기,
경아야.

...미안.

음. 그 때, 동방에서-

홧김에 심하게 얘기.. 했던 것 같아.

아...

아- 아녜요!! 잃어버린 건 제 잘못이죠!!

사과는요-! 괜찮아요!!

..미안해.

아 눈을 못 마주치겠다

다음부터는 잘 간수-!!

..어?

어...
이게 왜...

어라..?

왜
안 읽히는-

!!!!

인식이
안되네?

...아악
가까워!!!!!!

...ㅇ....어..
네..!...그,
그러게요...!!!!

..파..
팔이..!

-잠깐만,

이게 왜..

왜 안뜨는...

어, 얼굴에서 열이..!

아, 됐다.

!!!!!

아, 아. 그...가,감사- 고..고맙습니다! 어..!

고마우면,

원래 이게 잘됐었...

밥 먹자.

밥 살테니까-

!

어.. 괜찮은.. 데..!!!

고맙다며~

언제!?!?!
뭐 보는데!?!?
어!?!

쉬잇-!!
다 들려,
야..!

이야~
김경아가
드디어 한 건
하는구나-!!

퍼억

악!

그래서,
뭐 입고 갈 지
생각했어!?

그..글쎄..!

이현 선배
취향이 어떠려나..
치마..?

!

....

..카드 찾았다구
얘기할랬더니.

..그거야 뭐,
동아리 할 때
얘기하면 되지,
나중에.

..응.
그래야겠다.

그럼
윤예슬이 가져갔던 건
아니었나부네..

어,
지금 오는거야?
밥은?

-!!!!!

소리가
안나서-

..어, 엄마.

온지도
몰랐-

..!!!

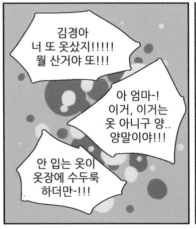

김경아
너 또 옷샀지!!!!!
뭘 산거야 또!!!

아 엄마-!
이거, 이거는
옷 아니구 양..
양말이야!!!

안 입는 옷이
옷장에 수두룩
하더만-!!!

와,
아줌마 목청
대박이다..

끙.. 후딱 들어왔어야 하는건데..

등짝 안옴↓

이게 뭐야? 옷?

옷은 왜 샀는데?

아.. 그게..

이여어엉 호아아-!?!

선배랑!?!?!?!? 본다고!??!?! 언ㅈ...읍

쉬잇 엄마 들으면 또 화내!!!!

조용히 해야돼

우

으..응..
...왜? 좀...
그런가..?

아.. 아니,
그게 아니고..

니가 먼저
보자고 했다고?!

세상에
마상에

이런 날이
다 오는구나
싶어서...

드디어
고구마에서 해방인 거요

그래서 지인이가,
옷 사야된다고- 막.

그런
맨투맨은
그만 좀 입어라

끼!

그래서
사온거야...

그래서,
영화는
언제 본다구?

-토요일.

토요일?
내일 모레?

응.

그럼,

미리 해 봐야지,
메이크업.

허-어.

글리터
아이라이너랑..

브라운
아이라이너
썼고.

안 무너지게
파우더도
발랐고.

어울리는
코랄 컬러 립도
발랐는데-

뭔가..
어딘가

부족한 것
같단 말이지..?

아니야~
예쁜데? 뭐가
부족해~??

저건 지가
지 입으로 예쁘대

아닌데..
뭔가..
뭔가 빠졌...

공공ㅠㅠ

.....!!!!!

그거야!!!

컥

탕

...?

그래! 그거!

뒤적 뒤적

이거!!

블러셔 말이야!!

그래 그래, 이거였어.

블러셔 안하니까-

얼굴이 괜히 커보이더라고.

......

blusher

블러셔는,
화장품 중에서도

가장~ 소녀스러운
아이템이라고
할 수 있지.

그리고 볼에
색감을 넣어
여백을 줄여주는
효과도 있고 말야.

그래 나
여백대장이다...

....

그럼 어떤 걸
바르면 좋을까..?

흐음

난 이거
좋아
하는데.

흠- 이것도
색은 예쁘긴
한데,

초보자는
웬만하면 립컬러와
블러셔 컬러를
맞춰줘야

메이크업
실패할 확률이
적어지거든.

블러셔도 이런 오렌지보다는,

이런 옅은*핑크코랄 계열로.

*핑크까가 더 강한 코랄
오렌지 핑크 코랄 핑크

지금 입술이 약간 코랄핑크 계열 이니까,

음.. 컬러는 됐고.

파우더..? 아님..

크림이 좋으려나..?

...?

뭐가 달라?

블러셔는 컬러 말고도 제형 차이로 타입이 또 나뉘는데,

파우더 프레스드 타입

가루를 압축한 타입으로,
일반적으로 가장 많이
쓰이는 타입의 블러셔.

보송보송한 느낌의
볼(치크)이 연출된다.
지속력이 좀 있는 반면
건조할 수 있다.

크림 타입

매끈한 느낌의 블러셔로,
윤기나는 볼(치크)을 연출할 수 있다.
건조한 느낌은 덜한 편.

좀더 수분감 있는 젤 타입이나,
크림이지만 매트하게 마무리되는
벨벳 크림 타입도 있다.

그럼 일단
파우더 타입 먼저
한번 발라볼까?

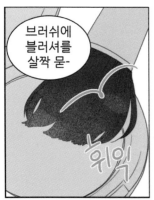

브러쉬에
블러셔를
살짝 묻-

쉬익

빡바박

-야야야!!!

야 그렇게
바르는 거
아니란말야!

에...?
그냥 바르면
되는 거 아냐?

마구잡이로 굴려서 바르면,
원하는 위치에 발리지도 않고

가루가 주변으로 튀어서
얼룩지기도 쉽단 말이야.

블러셔를 바를 땐,
브러쉬의 한 면에
블러셔를 적당히 묻혀,

공중에 한번 털거나,
손바닥 등에 한번
문질러서

브러쉬에는 소량이
남도록 해.

소량을
반복해 발라야
얼룩을 방지할 수
있다구.

그리고나서
얼굴에 브러쉬를
굴리기 보다는,

브러쉬에 있는
블러셔 입자를
얼굴에 붙여주는 느낌으로
톡톡 두드려 발라.

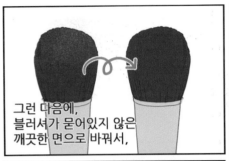

그런 다음에,
블러셔가 묻어있지 않은
깨끗한 면으로 바꿔서,

나
이 느낌 좋아.

브러쉬가
볼에 닿는 느낌.

이렇게 경계를 없애는 과정을
'블렌딩'이라고 해.

파우더 타입은
이런식으로
사용하면 되고,
크림 타입은-

손가락 끝에
살짝 묻혀서-

블러서가 가장 진해야 할 부분부터 얹어주는거야.
(M을 볼 기준대)

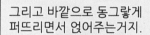

블렌딩은
깨끗한 퍼프로
살살 두드려서
하는 게 좋아.

그리고 바깥으로 동그랗게
퍼뜨리면서 얹어주는거지.

이 때,
손으로 블렌딩 하려고 하면
베이스가 벗겨질 수 있으니깐

발색이
연하다 싶으면
다시 반복하면서.

크림 위에
같은 컬러의
파우더 블러셔를
바르면

발색, 지속력
둘 다 높아지는
효과가 있어.

음 근데
토요일엔 베이스
오래가라고
파우더 바를거니까,

블러셔도 맞춰서 보송보송하게 파우더 타입 쓰는 게 낫겠다.

TIP 틴트를 블러셔로 쓸 땐 베이스 메이크업 전, 선크림만 발랐을 때 미리 발라두는 게 좋다.

소량을 손가락 끝에 얹어 양조절을 한 뒤,

마찬가지로 가장 진한 부분부터 시작해 바깥으로 퍼뜨리듯 블렌딩 한다.

그 위에 파운데이션을 바르면 속에서 비쳐나오는 듯한 치크 메이크업이 된다.

TIP 튀어나온 광대가 고민이라면, 윤기나는 크림 타입의 블러셔나 자잘한 펄이 있는 블러셔는 광대가 더 강조 될 우려가 있다.

되도록 펄이나 윤기 없는, 너무 밝지 않은 컬러의 매트한 블러셔를 사용해야 광대가 덜 강조되어 보인다.

펄이나 윤기 때문에 빛이 반사되어 더 튀어나와 보인다。

...그냥 볼에 뚱글게 바르기만 하면 되는 줄 알았는데...

어렵...

천만에, 아직 블러셔는 안 끝났거든.

예...? 지금 뭐라고.. 선생님..?

안녕하세요
삼촌~

어,
경아 왔...

니..

초코머핀
나왔나봐요!
초코 냄새~

응..
그래...

하람은요?

응, 화장실 청소 시켰어.

뭐 마실래?

아 저는 아이스초코요!

머핀도 줄까?

아뇨 괜찮아요 ㅎㅎ

흐음

아 진짜 휴지를 바닥에 왜 버리는..

다 끝났어?

경아 왔다-

뭐하냐-

어, 람-

....

화장실은 잘 닦았냐 ㅋㅋ

....

그래 잘~했다.

어휴

좀 냄새나는 거 같은데, 너.

그런대

아니 아이스 초코-니 것도.

와 고맙습니다~

다 마시고 창문도 좀 닦아~

윽

이건 동작권이야

너 오늘 수업 없어?

오늘 작품 제작일이라, 출석만 하고 왔지.

어차피 우리는 컴 작업 하는 애들이 많으니까.

아..

좋네, 시디과-

좋기는. 과제가 산더민데.

그래서 노트북 갖고 왔잖아, 과제하려구.

아, 그거 동아리 스토리보든데-

많이 그렸네?

응, 근데 좀 더 손 봐야지.

아참, 로케가서 찍었던 거,

잘 나왔던데, 너?

햇빛때문에 사진들이 다 예뻐

어, 이거이거!

야
인간적으로 이건 좀
각도빨이 좀 심하다.

나 원래
이렇게
생겼거든요?

허얼
넌 양심이
참 없구나.

뭐래?

솔직히
똑같이 나왔지.
눈 코...

뭐?

퍼식

야, 이게
그림자 받아서
그렇지
코가~

1센티는
높게 나왔구만
사진이.

그리고
턱선도
그림자져서-

..너,

...낮술했냐?

..?
아니?
웬 낮술?

너 지금
볼이
불타는데.

이건 블러셔라는 거거든 멍충아!

블로.. 뭐?

블.러.셔! 볼터치!! 볼터치말야! 화장!!

아...

화장하면.. 예뻐져야지.. 왜 볼이 불타?

아-씨.. 안되는데.

마리나가 알려준대로 한 건데..

? 마리나?

마리야.. 그게 마리야.. 김말이가 먹고 싶었단 말이야..?

어 그러니까- 내가 뭘 얘기하..

.. 혹시,

카드
찾고나서-

이현이 형이
뭐.. 말 안해?

어?

그냥 뭐,
미안하대서
....

..
영화보러
가기로
했는데.

...영화?

..응,
동방에서 뭐라고
하셨던거
미안하다고-

너 그러고 나갔다 왔냐?

.....

아니,
너 눈이 없어?
딱 보면
이상하지 않아?!

니가
이렇게
하랬잖아..

블러셔랑
립이랑
맞추라며

내가 언제
너보고 직쏘 메이크업
하라든...?

지금 입술도
진하고, 볼도 진해서
밸런스가 좀
깨지는 느낌이잖아.

블러셔오립이 둘다 진한것보다
블러셔가 연한쪽이 더 무난.

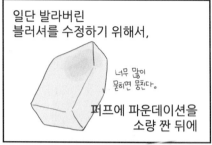
일단 발라버린
블러셔를 수정하기 위해서,

너무 많이
묻히면 뭉친다.

퍼프에 파운데이션을
소량 짠 뒤에

그러니까 초보자는
같은 컬러 계열의 블러셔라도
'연한' 쪽을 사용하는게

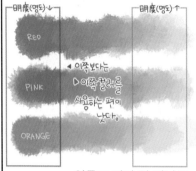

明度(명도)↓   明度(명도)↑

RED

◀ 이쪽보다는
▷ 이쪽 컬러를
사용하는 편이
낫다.

PINK

ORANGE

얼룩도 티가 잘 안나고,
밸런스 맞추기도 쉬워서
더 나을거야.

★明度(명도): 밝음오어두움의 정도.

진하게 발린 블러셔를
걷어내듯 톡톡 두드려주면,

살짝
튕기는 느낌으로.

블러셔 컬러가 좀
중화되거든.

아까랑 지금이랑
어떤 게 더 낫냐?

꾸물

지금...

거 봐!

명도 란, 색의 밝음과 어두움을 나타낸다.
　　　 명도가 높을수록 밝은 컬러, 명도가 낮을수록 어두운 컬러가 된다.

채도 란, 색의 맑음과 탁함을 나타낸다.
　　　 채도가 높을수록 맑은 컬러, 채도가 낮을수록 탁한 컬러가 된다.

무채색 이란, 색감이 없이 명도(밝기, 어둡기)만 있는 컬러로
　　　　 흰색, 검은색 그리고 그 사이의 모든 회색을 말한다.

고명도 저채도
누디 베이지 립

고명도 고채도
리얼 오렌지 립

저명도 저채도
모브톤 퍼플 립

저명도 고채도
레드 립

*단행본에서는 인쇄에 따라 채도가 낮게 나올 수 있습니다.

바른 위치도,
블러셔의 컬러도
문제인 게-

블러셔는
웃었을때 볼록 올라오는
광대뼈 부분인
'애플존' 위주로,

코 밑으로
넘어가지 않게

눈동자 앞으로
넘어까지 않게

❀개인의 얼굴 특성,
취향에 따라 얼마든지
변경 가능.

그리고 정면을 바라보는
눈동자 앞으로 넘어오지 않도록
바르는것이 무난~해.

또, 블러셔를 묻힌 브러쉬는,
처음 갖다 대는 곳이 가장 진하게 발색 되거든.

처음 브러쉬가 닿은 곳이 가장 진하다.

그래서 브러쉬질을 시작하는 곳도 중요한데,

가장
진해진
시작점

시작점이
대칭이어야 하는데
넌 짝짝이었잖아.

그리고
알아둬야 할 것.

진출색

후퇴색

밝은 색 - 진출색
어두운 색 - 후퇴색
이라는 개념이야.

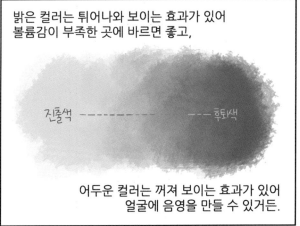

밝은 컬러는 튀어나와 보이는 효과가 있어
볼륨감이 부족한 곳에 바르면 좋고,

진출색 --------- --- 후퇴색

어두운 컬러는 꺼져 보이는 효과가 있어
얼굴에 음영을 만들 수 있거든.

그래서 이 개념을 이용하면
블러셔로도 어느 정도의 발광형 보정효과를 노릴 수 있겠지.

볼에 바르고 남은
밝은 컬러의 블러셔를
코 끝, 턱 끝등에 살짝
쓸어주어 사랑스러운 느낌+
하이라이팅 효과를 준다.

옆광대가 두드러진다면
진한 컬러를 옆쪽에 발라
옆광대가 강조되지
않도록 한다.

밝은 컬러의 블러셔를
눈밑에 소량 바르면
눈 밑이 차올라보이며
화사해지는
효과가 있다.

펄 블러셔는
윤기가 나고
볼륨이 차 보이는
효과가 있지만

광대가 더 튀어나와 보일수 있고,
피부의 요철이 부각되기 때문에
주의해야 해.

+잘 안보이실 듯 해
과장되게 표현했습니다.

TIP
너무 튀어나온 광대가
부각 되는것이 고민이라면
너무 밝지 않은 무펄의
차분한 컬러를 바르거나,

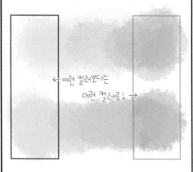

←이런 컬러보다는
이런 컬러로!→

아예 블러셔를
생략하는 편이 낫다.

오- 아까보다 확실히 나은듯.

그리고 같은 블러셔라도,

어디에 바르느냐에 따라 메이크업 느낌이 확연히 달라지는데,

볼 가운데에 정직하게 바르면 귀여운 느낌이 강하고,

관자놀이에서 광대뼈를 타고 흐르듯 사선으로 바르면 성숙한 느낌이 나고,

펄있는 블러셔를 바르면 관자놀이 옆 (쪽)이 빛나 고급스러워 보임.

상대적으로 여기가 밝아보인다

광대뼈 아래쪽에 바르면 음영이 져서 광대가 차올라 보이는 효과가 있고,

진한 컬러를 포인트 되게 바르는 경우가 많음.

눈 밑에 바르면 눈가가 붉어져서 운 듯한 묘한 느낌이 나지. (숙취 메이크업이 된다)

난 너무 어려보이는 건 싫은데..

그러면 애플존의 살짝 바깥 위치에서 시작해서-

눈동자 살짝 바깥쪽에서 시작!

마지막에 애플존으로 들어가듯 블렌딩하면

너무 두드러지지 않으면서도 적당히 컬러감은 강조되는,

치크 메이크업이 되지.

오~ 괜찮네!?

예쁘다!

...꼭 지 맘대로 바르고 나갔다가 봉변 당하지.

야, 근데 하람 걔는-

왜 그렇게 너한테 태클 걸어?

응?

아니 저번에 아이라인 번겼을때도 그렇구-

이번에도 그렇구-

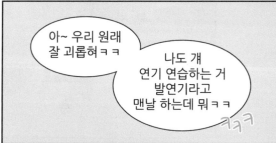

아~ 우리 원래 잘 괴롭혀ㅋㅋ

나도 걔 연기 연습하는 거 발연기라고 맨날 하는데 뭐ㅋㅋ

ㅋㅋㅋ

중딩 때 삥뜯긴걸로도 아직도..

흠...

.....

CINEMA

-후우.

시간이 좀 남았네..

으아 괜히 긴장된다 -!!

.....

물끄럼....

.....

새로 나왔나?

치즈맛..
어니언맛..

중얼...

어니언맛!

어니언..

.....!!

일찍 왔네.

아..

어, 언제 오셨어요?!

아, 방금 왔는데.

멀리서부터 봤는데,

너무 저걸 열심히 보길래 ㅋㅋㅋ

아오 아오!!

먹을래 포테이토? 어니언?

네, 아, 아니 이건 제가-!!

포테이토 하나 주시구요.

앗 저, 돈..!

네 음료는 뭘로 하시겠습니까?

이, 이걸로-

음료는?

아, 저..는 콜라요!

콜라 하나랑 오렌지 환타요.

아 제가-!!

네 포테이토 어니언맛 하나, 콜라 환타 하나씩 맞으십니까?

콜라랑 환타 나왔습니다-

어떤 게 콜라지?

아, 이건가? 이거다.

네-!

영화가
눈에
안들어왓..!

포테이토도
못 먹겠고....!

ㅇㅇ

긴장 돼
죽겠네..!

....

생각보다
슬픈 거였구나,
이거.

예고편에선
딱히..

!

저도..큥..
아들이 죽을 줄은
몰랐어여...

쿨쩍

-!

~~~~~

어떻게
말하지...

음,
저기 잠깐..

화장실,
좀 갔다올게.

아.

그럼
저도 화장실..

어,
그래.
(휴)

이건...

말도 안돼...

미쳤어 미쳤어
미쳤어 미쳤어!

얼굴이 이런 거
다 보셨을 거 아냐!!!

쓸데없이
왜 울어가지고
ㅠㅠㅠ어휴
ㅠㅠㅠ

......

하!

마리나 말
따라서-

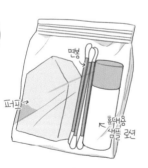

갖고 오길
잘했지..

면봉

퍼프→

←핸더용
샘플 로션

나오기 전 아침.

다 챙겼어?

슬픈 영화라고
하지 않았어?
울면 화장 백퍼
망가질텐데.

그렇게
슬픈 것 같진
않은데..

그래도
혹시 모르니까
일단 챙겨.

흐음.

마리나님
감사해요
-!!!!!!

가장 먼저
립밤을
면봉에 덜어서,

입술 전체에 도톰하게 발라

건조함을 없애는 동시에
들뜬 각질을 불려.

자,
다음은
-!!

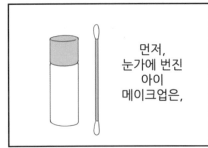

먼저,
눈가에 번진
아이
메이크업은,

면봉에 로션을
적당량 묻힌 뒤,

번진 부분을 슥슥 닦아내면,
로션의 유분기로 인해 깔끔하게
잘 닦이거든.

쉽게 건조해지는 눈가에
보습 효과도 줄 수 있고 말야.

그런 다음, 액체 컨실러 혹은
파운데이션으로 지워진 부분을
커버한 뒤,

그 위에 다시 지워진 부분의
아이 메이크업을 하는거야.

그러니까 수정시에는
싱글 아이섀도 보다는
파렛트로 된 형식을 더 추천해.

안에 브러쉬도 같이
들어있기 때문에
사용하기 편하거든.

그 다음은-
베이스!

시간이 지나서 생긴 기름기는
티슈로 가볍게 꾹꾹 눌러 제거해.

(+기름종이는 유분이 과도하게
제거될 수 있다.)

그리고 마찬가지로
면봉으로 로션을 덜어내서,
수정이 필요한 곳에 펴발라.

유분이 많이 분비되어 베이스가 무너지기 쉬운 T존과.

얇게
펴바른다

코 바로 옆 볼, 그리고 앞턱이
특히 베이스가 뭉치기 쉬운 곳이지.

그렇게 물린 로션을
티프로 피프지듯 닦아내면.

스파프는
강하게 누르지 말고
끝만 스치는 느낌으로.
얼굴의 바깥쪽으로
피부결을 따라
닦아낸다.

뭉친 베이스가 닦이는 동시에
건조한 얼굴에 보습이 돼.

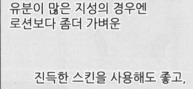

유분이 많은 지성의 경우엔
로션보다 좀더 가벼운

진득한 스킨을 사용해도 좋고,

보습이 부족한 건성의 경우,
오일 미스트를 가볍게 뿌려
좀더 보습해도 좋아.

지익

피부에 남은 표정을
가볍게 두들겨 흡수 시킨 후.

(이 과정에서 선크림을 덧발라도 된다.)

특히 두들겨 발라
베이스 메이크업을 처음부터
다시 하는거지.

(일반 병타입 파운데이션을
휴대해 바르는것도 물론 ok.)

베이스 메이크업은
휴대와 사용법이 간편한
쿠션 팩트로.

으~
그럼 화장을
그냥 첨부터
다시 하는거잖아?

듣기만 해도
귀찮-

물론
귀찮을 수도
있겠지만,

묽기란 베이스를
닦아내지 않고
파운데이션를 바로
두들겨 발라버리면,

베이스가 두꺼워져
얼굴색이 탁해진다

건조한 부분의
각질은 들뜨고,
주름이 깊어지고.

모공 끼임도
부각되고.

기름진 부분에
베이스가 뭉치고.

베이스가 두껍게 쌓여서
지저분하고, 갈라져서
안하느니만 못한
수정 메이크업이
될 수 있어.

너-
키스하려고
하는데

그 선배가
화장 뭉친거
다 본다고 생각해봐.

꺄아아악

아, 아니..!
그전에!
키스는 무슨
키스야-!

얘가
퀸납 소리를

퍼석

갑자기...
불순한
생각이...

탁

윽,
포테이토
소금..!

으으
어두울 땐
안보인단
말이지

탈
탈

맨 처음에 발라뒀던 립밤을
면봉으로 가볍게 거둬서,

붉은 각질을 제거하는 동시에
립제품을 매끈하게 닦아내.

고다음, 컨실러나 파운데이션으로

입가에 베이스가 지워진 부분을 커버한 뒤,

다시 립제품을
발라 메이크업 하는거지.

TIP 입가를 커버할 때에는
입술라인 가장자리만 커버되도록
주의한다.

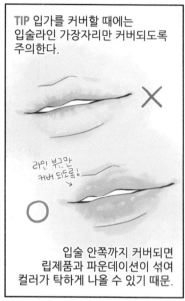

라인 부근만
커버 되도록!

입술 안쪽까지 커버되면
립제품과 파운데이션이 섞여
컬러가 탁하게 나올 수 있기 때문.

음, 좋아,
됐다.

크다..

죄송해요,
기다리셨죠.

아냐아냐.

음 시간이...

밥 먹을래?
좀 지나면
사람 몰릴 것
같은데.

네,
좋아요!

113

뭐 먹고싶은거 없어?

전 아무거나 괜찮은데..

아무거나, 아무거나라..

오..빠는요?

음, 나도 딱히 뭘 가리지는 않아서-

그래서 내가 말했고

미친 ㅋㅋ

아..

음, 그럼 뭐가 좋을..

개 운전해 그랬어

아, 회덮밥은요?

여기서 가까운데-

ㅎㅂㅁ만 걸어가기고 권찮

-괜찮아?
안 부딪혔지?

두근...

왜 저렇게
일렬로
가는건지 참.

..네,

..안..
부딪혔..어요.

두근...

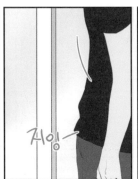

지잉~

응?
왜 왔어?

오늘 알바
빠졌잖아?

...아.

그냥, 뭐..
할 일도 없고.

?

자몬에 긴떡 틀나람요. 카라멜 마끼아또...

어서오세-

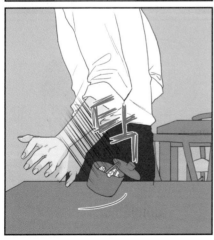

-

...삼촌,
걸레 좀 줘.

하아...

음...
저는...

연어
덮밥이요!

어- 그럼,
연어 하나랑,

스페셜
덮밥 하나요.

아,
단호박 크로켓도
하나 주세요.

네
알겠습니다.

· · · · · · ·

머쓱

좀
재수없게
말했지, 나.

아,
아니에요~!

그, 어..
동방에서-

이제와서
이런 말
하는것도

..그냥
넘어가면.

다음에 누군가
또 실수할까봐

일부러 세게
말하기도 했거든.

좀
웃기긴
한데..

근데 나중에
생각해보니까
내가 오버도
했고-

내 잘못이
없는 것도
아닌데

너무 너한테만
심하게 말했던 것
같고.

끙…

그리고 좀더
일찍 사과했어야
했는데.

너무
늦었어

에이-!

오빠 말이 맞아요.

누가 또 실수하면 안되니..

미안.

스페셜 덮밥, 연어 덮밥, 단호박 크로켓 나왔습니다-

드세요, 드세요!

응·

!

어, 맛있다. 안 비리구.

그쵸-! 괜찮죠?

여기 새우튀김 덮밥도 괜찮아요.

새우가 막 탱글탱글-

-!

하람 걔가 회덮밥 킬러거든요.

많이 와 봤나 보네?

아.

그래서 영화보고나서 가끔-..

아~..

그렇구나.

응. 맛있네.

저번에 연어 무한리필집을 갔었거든.

왜, 요즘에 갑자기 많이 생겼잖아.

아, 네-

근데 준영이가 연어 비리다고-

!

아~ 나만 그렇게 생각하는 줄 알았더니.

경아 너도 그렇게 보여?

지인이한테 은근 관심있어 하지, 응.

되게 여러번 그래 보이는 거예요~

ㅋㅋㅋ 그치

그 왜, 로케 갈 때도.. 지하철에서..

손!

아 그거 보는데 진짜 웃음 참느라 힘들었어 ㅋㅋ

걔가 아마 모솔이라..

아 진짜요?

준영선배 좋아하는 여자애도 좀 있었던 것 같은데.

응, 근데 워낙 성격이 무심해서-

본의 아니게 다 철벽을 치더라고.

ㅡ음

그래서 여자친구가 없었던 거 같애, 여태.

아...

선배는, 여자친구 안 사귀냐고

물어보고 싶다...

어, 왜 그렇게 못 먹어.

얼른 먹어~

...네.

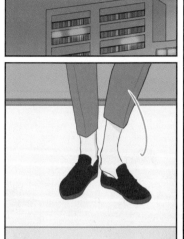

최이나-
또 나와서
티비 보냐?

윽

고 3이 말야,
아주 그냥-

아
잔소리-!!

이거만
보고 들어갈거니까
엄마한테 이르지마!

피닉스 오빠들
나온단 말야!

우 오빠
진짜 작아요!

어?
오빠~!

아씨- 이를거지!!! 그치!!!!

안 일러-

껑~

지인아!

너 그거 알아?

뭐?

윤예슬,
동아리 그만뒀대.

-

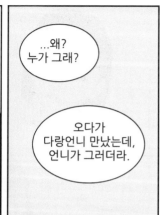

...왜?
누가 그래?

오다가
다랑언니 만났는데,
언니가 그러더라.

언니한테
탈퇴하겠다
했대.

갑자기 왜...

모르지,
뭐~

또각

이유도
안 말하고
그냥 탈퇴한다
했나 보던..

또각 또각

아..
쟤도 미학
들었었지.

참, 영화는 잘 봤어?

그리고 뭐.. 밥 먹구..

밥? 뭐?

회덮밥.. ㅎㅎ.. 그리구..어.. 버스도 기다려 주시구..

오오-!!!

어? 어..

오오~ 그리고? 또?

대박사건~~~ 웬일이야, 꺅-!!!!!

웅성웅성

그래서 레벨 올랐어?

응. 지금.. 37?

오~

일찍 왔네,
둘다.

안녕하세요-

좀 덥다,
그치.

아
맞아요..

핑크
셔츠..

아참, 선배.
윤예슬 동아리
그만 뒀다면서요?

어...응.

갑자기
왜 그만뒀대요?

아...

..사정이
있는가봐.

아..
그렇구나..

어,
기말 레포트는요~

미술관에
직접 가셔서,
티켓도 같이
제출 하셔야 하구요.

으...

작품에 나타난
미학적 요소를
예로 들어서..

으아
3000자를
언제 써어~

허엉

흠.

지인아, 어..
하이퍼리얼리즘 전이랑,
그리고.. 우키요에전..

인상파전도 있는데.
어디가지?

음.. 인상파가 좀 쓰기 쉽지 않을까.

흠

뭐 가려구?

그러려나?

아~ 인상파전이 아마 쓰기 편하지 않을까 싶은데..

...

인상파전 어때? 고흐.

....

끄덕

그.. 정준영이라는 선배가 있는데,

지인이한테 좀 관심있는.. 것 같거든.

니가 지금 남 이어줄때냐?

......

그래서 넷이 가.

....

이거 5권이나 줘. 어딨어?

어.. 그거 전에 람이가 빌려갔는데.

뭐!?!?

아 뭐야 당장 갖고오라구 해 ㅠㅠ지금 완전 중요한 땐데!!

아.. 알았쓰..

그러고보니까 요즘 연락도 잘 안오네..

모두

엄마

김서몽

이ㅇ미 (2)

ㅅ교님

뚜르루..

안받는데..?

안돼!!

바쁜가..

아악~~~
메이가 복수하는
결정적인덴데!!
6권으로 스포당할 수는
없단말이야~~!!!

그럼 잠깐
쉬었다 하자~

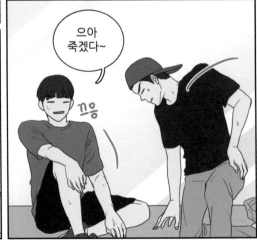

으아
죽겠다~

끄응

누군데?

어 야
람아 너
전화온다?

어-음..

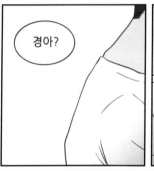

경아?

멈칫

..냅둬.

얘 니 친구
아니야?
키 작은-

휙

애교살 메이크업을 실시하겠다.

그러니까, 애교살을 메이크업으로 좀더 돋보이도록 하는건데,

애교살이 있으면 '눈'으로 인식되는 부분이 커져서 눈 자체도 같이 커보이거든.

선이 생김으로서 눈으로 인식되는 범위가 넓어짐.

눈웃음 칠 때 더 예뻐보이기도 하고, 어려보이는 효과도 있지.

자고로 남녀 불문하고 눈웃음 싫어하는 사람도 드물거든.

맞아 맞아.

필요한 건 펄 없는 베이지브라운 아이섀도하고, 자잘한 펄감의 아이보리 컬러 아이섀도.

일단 눈웃음을 지어보고 그림자가 생겨야 할 곳을 파악하는 게 중요해.

하이라이팅 (빛)이 들어갈 부분

셰이딩 (그림자)이 들어갈 부분

얼굴 근육하고 메이크업이 따로 놀면 어색하니까.

먼저, 작은 사이즈의 브러쉬에 음영 섀도를 묻히고,

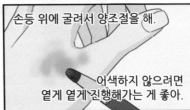

손등 위에 굴려서 양조절을 해.

어색하지 않으려면 옅게 옅게 진행해가는 게 좋아.

범위가 너무 넓어지지 않도록 주의하면서.

눈웃음을 친 상태에서 애교살 바로 아래 부분에 섀도를 발라 음영을 넣어.

아무것도 안묻힌, 모가 부드럽고 풍성한 브러쉬로 블렌딩.

그런 다음, 경계가 지지 않도록 가장자리를 그라데이션 해주고.

이렇게 음영만 넣은 상태에서 끝내도 되지만,

좀더 볼륨감 있는 애교살을 원한다면,

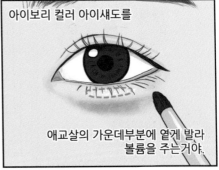

아이보리 컬러 아이섀도를

애교살의 가운데부분에 옅게 발라 볼륨을 주는거야.

이 때,
눈 앞부터 끝까지 바르면
애교살 전체가 빛나서
오히려 어색해 보이니 주의하고.

전에 말했던 것처럼(블러셔 편)
밝은 아이보리 컬러(진출색)로
애교살에 볼륨을 넣고,

짙은 음영 컬러(후퇴색)로
애교살 밑의 그림자를
강조한다고 생각하면 돼.

TIP 다크서클 소유자를 위한 간편 애교살 메이크업

엄청 간편하고
수정도 쉽지만

원래 다크서클이
없는 사람은
불가능한 방법.

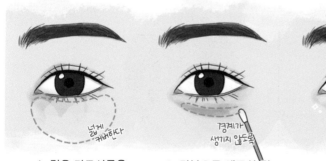

1. 짙은 다크서클을
컨실러로 넓게 커버한다.

2. 면봉으로 애교살 밑
그림자가 될 부분을
조심조심 지워낸다.

3. 완성!
본래 있던 다크서클이
자연스레 그림자가 되어
애교살이 차올라보인다.

다 한 후에는 투명 파우더를 가볍게 발라 살짝 매트하게 만들어줘야돼.

왜냐면 눈가라서 번지기 엄청 쉽거든.

조금만 방심하면 이렇게 된다..

수정 꼭꼭 하고.

으,응!

그럼 이렇게 애교살 메이크업 완성!

지인아 여기!

아.

쌩얼인 듯 아닌듯
자연스러운 애교살 볼륨업 메이크업

1. 애교살 메이크업 전의
밋밋한 눈매.

2. 본인의 피부톤보다
밝은 컬러의 컨실러 펜슬을 사용해
애교살 가운데 부분에 1센티 정도
길이로 도톰하게 그어준다.

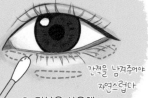

3. 면봉을 사용해
베이스가 지워지지 않도록
힘을 약하게 주면서 2에서 그렸던
컨실러 라인의 가장자리를
부드럽게 풀어준다.

4. 완성!
펄 아이섀도 & 음영 아이섀도를
사용했을 때보다 훨씬 자연스럽고
간단한 방법으로 애교살 볼륨이
차올라 보이게 할 수 있다.

후문 쪽으로
들어왔더니
뱅 돌아서-

오늘도
멋있...

어,
준영 선배다.

빨리
와요-

우당탕

꼴찌다
꼴찌~

자자~
들어가자!

이현 오빠는
요즘 들어,

처음의
이미지하고
좀 다르다.

아 티켓- 티켓 사야지.

처음엔.. 좀 어렵기도 한... 그런 느낌이었는데.

요즘엔..

느려~

!

장난도 치고.

정준영 봐봐.

?

대학생 4장이요~

ㅋㅋㅋㅋㅋ...

들어가자.

말하기가 좀더 편해졌다.

..네!

확실히 실제로 보니까 다르다...

와...

멍...

모네 좋아해?

!

원래 풍경화를 좋아해서..

아~

학생 때 책에서만 보던 건데

실제로 보니까 진짜 달라서요, 책이랑.

사이즈도 커서 진짜 연못에 서 있는 것 같구.

그렇네.

진짜 연못같다.

가까이서 말고 멀리서 보면 더 그래요.

그죠~

아니면 눈을 가늘게 떠서 보거나.

쩌릿~

퍼석

흠

!

147

물끄러미...

졸졸

풉...

어, 그거
선 넘어가면
안돼요.

아.. 몰랐어.

미술관
안 와봤어요?

딱히..

아 진짜요?

화가는
누구 알아요?

...음..

고흐...
...자화상.
끄응

오오
~~

고흐는
저 뒤쪽에
있는 것 같...
툭

맞다 선배 지각!

지각빵으로 음료수 쏴요!

어 맞네~

음료수

사다줘

....

음료수♪

짝

짝

사다줘♪

엥

난 왜요-

무겁잖아.

아니 음료수 네개 갖고- 뭐가 무거워!

팔뚝은 무슨 네박스도 들게 생겼구만!!

경아야, 근데..

네?

..뭔가 좀 바뀌었..

음료수우우-!

골라 골라요!!

포카리랑 콜라랑 옥수수차랑 오렌지 쥬스랑-

와아- 잘 마실게요 준영 선배!

포카리?

아.. 난 콜라.

아, 너 포카리 안 마시지.

아.

포카리.. 안 마셔? 왜?

예전에-

상한 포카리를
마신 적이
있었는데..

푸욱

그 후로
잘 안마시게
되더라고요.

그렇..
구나..

맞아 나도
전에 돈까스 먹다
체해서 한동안
돈까스 못먹었어-

그치ㅋㅋㅋ

지금은
아니지만

없어서
못먹지

꿀꺽

....

긁적...

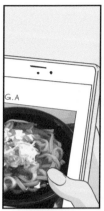

이거 먹은거야?

아, 응.

나는 우동먹고 지인이는 김치나베 돈까스.. 이현 오빠는..

아-아.

나도 우동 먹을 줄 아는데..

!

내, 내가 다음에 편의점 우동이라도 사올게..!

그나저나- 하람 걔는 5권 언제 준대?

아, 곧 준다고 카톡 왔었는데-

그러고나선 연락이 없네..

되게 바쁜가봐..

!

지잉

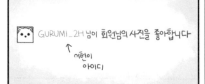

GURUMI_2H 님이 회원님의 사진을 좋아합니다

거훈이
아이디

뭐야..

ㅋㅋㅋㅋㅋㅋ

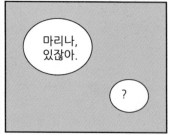

마리나,
있잖아.

?

메이크업 하는 거,
좀 재밌는 거 같아.

처음엔 좀
홧김에 시작하긴
했지만..

지금은-
재밌어.

피식~

맞아, 원래
화장은 나 좋자고
하는거거덩-

너,
고백은
안해?

..근데,

어..?

고백!

뭐, 지금 당장 하라는 건 아니지만

너 하는 거 보면 잘되려는 생각이 없는건지- 싶어서.

....

..어..

..아직 생각 안해봤는데.

에휴.

�?던 건 같더라니

그럼 그냥 이대로 지내? 선배 후배로?

...(꿈뻑)...

아 뭐, 니 맘이기는 한데-

누가 좀
걸린단 말이지.

응?

아냐 됐다~

....

오후 03:12

경아

야 뭐해

연습하느라 바쁘냐

어.

했는데
왜.

불안해?

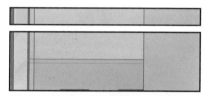

니가 김경아
좋아하는 거
말할까봐?

..오빠,
동아리는-

없었던
일로 하고,
셋 밖에 모르잖아요.
이거-

하람이랑
오빠만
모른 척 하면-

모른 척?

!

사과하겠다는
것도 아니고

모른 척?

람이는
넘어갔는지
모르겠지만

난
그렇게는
못하겠다.

너 때문에
경아는-!!

-

...하.

...뭐야.

..설마..

죄다
김경아, 김경아.
짜증나...

자존심
상해서 더
말 안하는거지만.

똑각   똑각   똑각

하람 쟤도
불쌍~하다.

...

으아...

서걱

죽겠드아..

대체 언제
끝나냐 이거...

내말이..

과제의 늪...

잠깐
뭐 마시지
않을래..

그래..

으아~

지겹다
진짜!

며칠 잠 못잤다고
꼴이 말이 아니야..

쿠헹?

그러고보니까 지인이 너는 뾰루지 안생기네?

응. 잘 안 생겨.

부럽다... ㅠㅠㅠㅠ

어, 이현선배다.

선-

!!!!!

ㅂ-

ㅐ..읍...!!

으읍-!!

잠깐만 지인아..!!

으브브븝!!!

파하.. 뭐야-!!

미..미안.

너 있으니까 아는척 하려고 했더니..

아..

...지금은 좀..

.....

..미안.

아니야.. ㅎㅎ

이러고 어떻게 인사를 해ㅠㅠ

미술관 갔다오고 나서는 계속 숨어다녔어..

뭘 그렇게까지.

그나마 동아리도 시험기간이라고 잠깐 쉬니까 다행이지..

얘들아.. 시험기간엔 잠깐 쉬자.. 죽죽은 해야하니..

선배는 별로 신경 안쓰지 않을까?

내가 신경쓰여서 ㅠㅠ..

이걸 대체 어떻게 해야 하나...

가리면 되지.

별 걱정이야-

.....

..쿠션 파운데이션 발라도 안 가려지던데?

파데니까 그렇지-

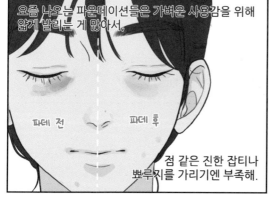

요즘 나오는 파운데이션들은 가벼운 사용감을 위해 얇게 발리는 게 많아서,

파데 전   파데 후

점 같은 진한 잡티나 뽀루지를 가리기엔 부족해.

잡티 커버를 위해서는 파운데이션이 아니고-

이거.
컨실러를
써야돼.

컨실러가
뭐냐면,

점/주근깨/뽀루지 같은 피부의 잡티를
커버(가리는)하는 데 쓰이는 제품인데

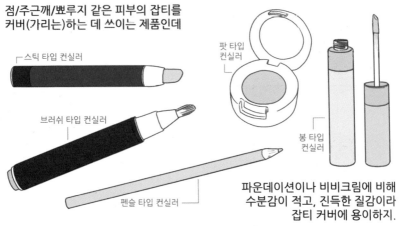

스틱 타입 컨실러

브러쉬 타입 컨실러

펜슬 타입 컨실러

팟 타입
컨실러

봉 타입
컨실러

파운데이션이나 비비크림에 비해
수분감이 적고, 진득한 질감이라
잡티 커버에 용이하지.

파운데이션은 여러 번 발라도
잡티 커버는 잘 안되고
베이스가 두꺼워지기만 할 수 있어서,

컨실러 한번을 바르는 게
커버에는 더 효과적이야.

컨실러는 특히
브러쉬를 사용하는
것이 중요한데,

그냥 손으로
바르면 안돼?

안되는 건
아닌데.

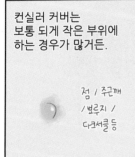

컨실러 커버는
보통 되게 작은 부위에
하는 경우가 많거든.

점 / 주근깨
/ 뾰루지 /
다크서클 등

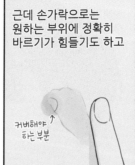

근데 손가락으로는
원하는 부위에 정확히
바르기가 힘들기도 하고

커버해야 ↑
하는 부분

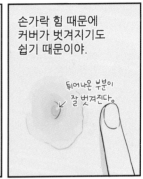

손가락 힘 때문에
커버가 벗겨지기도
쉽기 때문이야.

튀어나온 부분이
잘 벗겨진다.

때문에 정확하고
꼼꼼한 커버를 위해서는
브러쉬를 사용하는 게
중요하다는 거.

A 새끼손톱 너비 : 기본 사이즈
B 엄지손톱 너비 : 넓게 커버할 때
ex:) 다크서클, 뺨
C 팥알 만한 너비 : 작은 점·잡티 커버

A B C

컨실러 브러쉬는 옆에서 봤을 때 납작한 게 좋다.

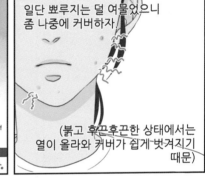

일단 뾰루지는 덜 여물었으니
좀 나중에 커버하자.

(붉고 후끈후끈한 상태에서는
열이 올라와 커버가 쉽게 벗겨지기
때문)

먼저
다크서클부터.

눈가 피부는 얇고 쉽게 건조해질 수 있기 때문에
다크서클을 가리고자 한다면
촉촉하고 얇게 발리는 컨실러를 사용하는 게 좋아.

그래서 이런 리퀴드(액체) 타입 컨실러가 많이 쓰이지.

본인 피부톤과 제일 비슷한 컬러를 쓰는 게 가장 기본인데,

잘못 발라도 티가 안나니

커버가 쉽게 되는 옅은 다크서클의 경우, 한 톨 밝은 컬러를 사용해도 좋아.

진출색인 밝은 컬러의 컨실러를 사용하면 눈 밑 살이 차올라 보이거든. 화사해보이구.

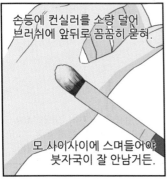

손등에 컨실러를 소량 덜어 브러쉬에 앞뒤로 꼼꼼히 묻혀.

모 샤이사이에 스며들어야 붓자국이 잘 안남거든.

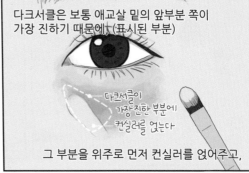

다크서클은 보통 애교살 밑의 앞부분 쪽이 가장 진하기 때문에, (표시된 부분)

다크서클이 가장 진한 부분에 컨실러를 얹는다

그 부분을 위주로 먼저 컨실러를 얹어주고,

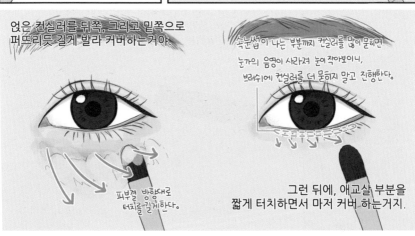

얹은 컨실러를 뒤쪽, 그리고 밑쪽으로 퍼뜨리듯 길게 발라 커버하는거야.

피부결 방향대로 터치를 길게한다.

속눈썹이 나는 부분까지 컨실러를 많이 묻히면 눈가의 음영이 사라져 눈이 작아보이니, 브러쉬에 컨실러를 더 묻히지 말고 진행한다.

그런 뒤에, 애교살 부분을 짧게 터치하면서 마저 커버 하는거지.

경계를 풀 때에는,
브러쉬를 손등에
몇 번 앞뒤로 쓸어서,

브러쉬에 묻은
양을 살짝 덜어내.

이렇게 납작하게
퍼진 상태에서,

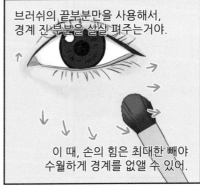

브러쉬의 끝부분만을 사용해서,
경계 진 부분을 살살 펴주는거야.

이 때, 손의 힘은 최대한 빼야
수월하게 경계를 없앨 수 있어.

TIP 컨실러 과정에 따라 브러쉬의 사용하는 부분이 달라진다.

전체적으로 얹을 때에는
눕혀서 브러쉬를 넓게 사용하고,

손에 힘을 빼고
표면만 살살!

경계를 풀 때에는 브러쉬를 세워서
모의 끝부분만 사용한다.

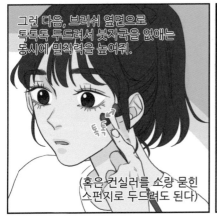

그런 다음, 브러쉬 옆면으로
톡톡톡 두드려서 붓자국을 없애는
동시에 밀착력을 높여줘.

톡
톡

(혹은 컨실러를 소량 묻힌
스펀지로 두드려도 된다)

옅은 다크서클은 이렇게 커버하는데,
문제는 짙은 다크서클이야.

이렇게
회색이 된다

짙은 다크서클을 밝은 컨실러로
커버해버리면 눈가가 탁해질 수 있거든.

컨실러 1번 만으로 커버가 잘 안될 땐 코렉터로 2중 커버를.

예...?

먹라굽쇼...?

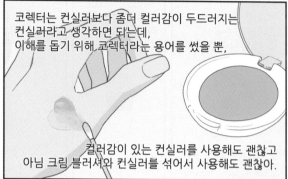

코렉터는 컨실러보다 좀더 컬러감이 두드러지는 컨실러라고 생각하면 되는데, 이해를 돕기 위해 코렉터라는 용어를 썼을 뿐,

컬러감이 있는 컨실러를 사용해도 괜찮고 아님 크림 블러셔와 컨실러를 섞어서 사용해도 괜찮아.

보색은 쉽게 말하면 반대되는 컬러거든.
색상환에서 서로 마주보고 있는 컬러를 말해.

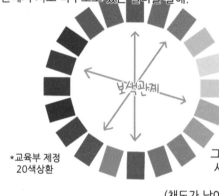

보색관계

*무채색:
채도가 없이 명도만 존재하는 컬러.
화이트, 블랙과 그 사이의 모든 회색이 포함된다.
(27화 블러셔中편 참조)

*교육부 제정
20색상환

그런데 이 보색은, 보색끼리 섞이면 서로가 가진 컬러의 특징이 사라져 무채색이 된다는 특징이 있어.
(채도가 낮아져 컬러감이 두드러지지 않는다)

이 효과를 노려서 코렉터로 피부톤을 균일하게 만드는 과정을 거치는거야.

무채색

이 과정을 '중화'라고 보통 표현하는데,

다크서클에 보색의 코렉터를 발라

푸른빛의 다크서클에

옐로~오렌지빛을 추가해 푸른빛을 최소화한다.

다크서클이 가진 컬러감을 중화를 거쳐 최소화 한다고 생각하면 돼.

일반적인 갈색의
다크서클에는

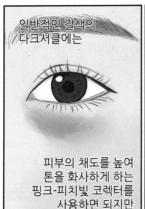

피부의 채도를 높여
톤을 화사하게 하는
핑크-피치빛 코렉터를
사용하면 되지만

푸른빛의 칙칙한
다크서클에는

옐로-오렌지빛 코렉터를,

혈관이 비치는
붉은빛의 다크서클에는

그린 컬러 코렉터를
사용하는 거지.

예로, 붉은 다크서클을 그린컬러 코렉터로
가볍게 커버해 붉은기를 중화시킨 뒤,

그린 코렉터로 붉은기 최소화   피부톤과 같은 컨실러로 2차 커버

그 위에 피부톤과 같은 컨실러를 다시 바르면
붉은기가 효과적으로 사라져 완벽한 커버가 되겠지.

컨실러로 한 번
커버한 쪽은 붉은기가
살짝 남을 수 있으나,

2차 커버를 거친 쪽은
붉은기가 효과적으로
커버 될 수 있다.

이렇게 여러 번
겹쳐서 커버할 때는
얇게 차곡차곡 쌓아가야
쉽게 벗겨지지 않아.

툭툭툭
두드리면서

커버 후에는
브러쉬에 파우더를
소량 묻혀서,

살살 눈가를 쓸어 발라 컨실러를 고정시켜줘.

좀더 화사한 눈가를 표현하려면
펄감이 없는 옅은 핑코빛 아이섀도를 발라도 돼.

TIP 간편하게 사용하는 브러쉬 타입도 있다.

뒤쪽을 돌리거나
누르면 앞의 브러쉬에
컨실러가 스며나온다.

이렇게 하면
다크서클은 확실히
가려지지.

엄청
다르긴
하구나..

커버 후

근데
뽀루지는?

그건 좀
기다려!

컬러 코렉팅 위치 파악하기

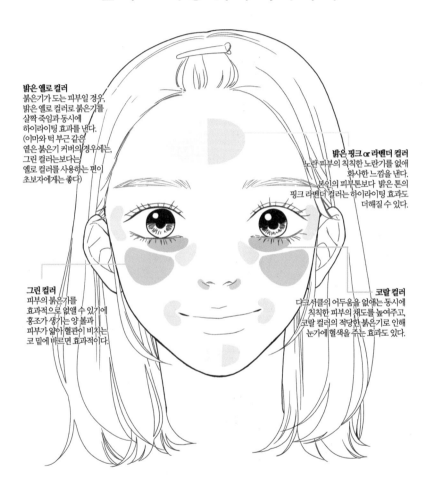

밝은 옐로 컬러
붉은기가 도는 피부일 경우,
밝은 옐로 컬러로 붉은기를
살짝 죽임과 동시에
하이라이팅 효과를 낸다.
(이마와 턱 부근 같은
옅은 붉은기 커버의 경우에는,
그린 컬러보다는
옐로 컬러를 사용하는 편이
초보자에게는 좋다)

밝은 핑크 or 라벤더 컬러
노란 피부의 칙칙한 노란기를 없애
화사한 느낌을 낸다.
본인의 피부톤보다 밝은 톤의
핑크 라벤더 컬러는 하이라이팅 효과도
더해질 수 있다.

그린 컬러
피부의 붉은기를
효과적으로 없앨 수 있기에
홍조가 생기는 양 볼과
피부가 얇아 혈관이 비치는
코 밑에 바르면 효과적이다.

코랄 컬러
다크서클의 어두움을 없애는 동시에
칙칙한 피부의 채도를 높여주고,
코랄 컬러의 적당한 붉은기로 인해
눈가에 혈색을 주는 효과도 있다.

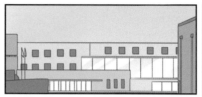

넌 과목 몇개 남았어?

나 두개..

아~ 몰아 쓰느라 팔 아파 죽는 줄.

난 한 개 남았지롱~

익..!

나도 동양미술사 들을 걸 그랬나봐..

야 아냐. 나 그거 발표 준비하느라 죽는 줄 알았어.

차라리 시험 보는게 나을 정도야.

아 진짜?

발표를 어떻

퍼

..게- 악!

..어.

어, 미안-

으아, 죄송-!

코너라 안 보였-

안녕하세요-

아뇨, 어, 괜찮- 안녕하세요!

꾸벅

어, 근데-

그거, 젖지 않았어?

네?

...악!

야, 이거 번졌는데? 너 수성펜으로 썼지-!

어? 어- 어떡하지..!

응 그래.
어서 가.

!

먼저 간다~
가세요, 선배!

저 쪽,
강의실 비었던데.
거기서 써.

아..
그래야
겠어요.

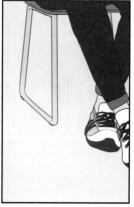

그래도 다행이다.

네?

한 장만 번져서.

제출 시간도 남아서 다행이구.

맞아요.. ㅠㅠ

오빠 내셨어요?

응, 좀 전에-

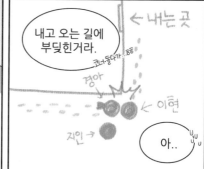

내고 오는 길에 부딪힌거라.

← 내는 곳

권나 둘다가..ㅎㅎ

경아

← 이현

지인

아..

얼른 써, 얼른.

아. 네.

냈어?

네. 간신히..

그러게, 다행이다.

자.

번지게 한 거 미안하니까.

어..

시험 몇 개 남았어?

저는- 두 개요.

오빠는요?

끼익

난 이제 한 개~

아 부럽다..

ㅋㅋㅋ

공부하느라
많이 바빴나봐.

미술관
갔다오구나서 통
안보이던데.

아, 네-
조금..

하긴
동아리도
안했으니까..

맞아요..

꼴이 구려서
숨어다녔다고는
말하기가..

금방
방학이네~

'너 고백은
안해?'

..그치만.

고백했다가
차이면 수업 때도
껄끄럽겠고..

마주칠까 무서

왜 탈퇴하려고?

...
차여서요
...

동아리도
애매하고..

그리고
무엇보다

지금처럼
얘기를 못하게
될 지도 몰라.

아
뽀루지ㅠㅠ

아,
하...하하.

?

187

재 남친
있었냐?

너랑
썸 타는건 줄
알았더니.

그런 거 아냐,
새끼야-

재랑 나랑은
친구-

야, 여자 남자
사이에 친구가
어딨어~

그런 건
없..

아
맞다고!

탕

저 새끼
왜저래?

음..

뽀루지가..

이거는 딱지 앉고

이거는 아직 화나있네..

다 익은 다음에 아물고 커버하는 게 제일 좋은데.

흐음

그냥 하면 안되는거야?

뽀루지는 한참 빨갛게 부어있을때 두껍게 커버하면 모공을 막아서 피부에 안좋기도 하고,

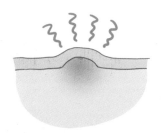

피부는 시원할 때 베이스 밀착이 잘된다.

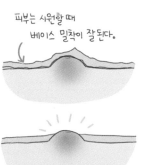

피부에 붉게 열이 오른 상태면 밀착이 잘 안되고, 톡 튀어나온 부분부터 커버가 벗겨지기도 쉽거든.

근데 뭐, 어쩔수 없는 상황이란 것도 있으니까.

트러블 커버는 파운데이션 과정을 거친 후에 하는 게 좋아.

파데 전에 해두면 파데를 바르다가 기껏 커버한걸 벗겨버릴 수가 있으니까.

일단은- 딱지앉아 아물고 있는 뽀루지의 경우에는

스킨케어 시 주변에 에센스등을 도톰하게 얹어준 뒤,

면봉으로 뽀루지 주위를 살살 굴려줘.

그러면 아물면서 생긴 각질이 가볍게 제거가 되거든.

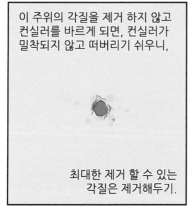

이 주위의 각질을 제거 하지 않고 컨실러를 바르게 되면, 컨실러가 밀착되지 않고 떠버리기 쉬우니,

최대한 제거 할 수 있는 각질은 제거해두기.

이렇게 각질을 제거하고 커버를 시작할건데,

후오

트러블 커버는
세심하게 할 수 있는
작은 브러쉬로.

그리고 컨실러는
좀더 되직한 질감, 그리고 높은 커버력의
팟 타입이나 스틱 타입의
고체 컨실러를 추천해.

눈가는, 잘 건조해지는 얇은 피부라
촉촉한 리퀴드 타입을 썼지만,

코, 볼, 턱 쪽은 눈가처럼 쉽게
건조해지지는 않으니까.

그래도 건조함이 걱정이라면
리퀴드 타입을 사용해도 물론 괜찮아.
(대신 커버력이 조금 떨어질 수는 있다는 거.)

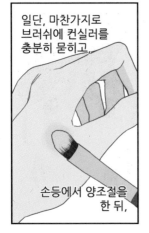

일단, 마찬가지로
브러쉬에 컨실러를
충분히 묻히고,

손등에서 양조절을
한 뒤,

브러쉬를 눕혀서 뽀루지에 얹어주듯이 발라줘.

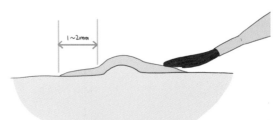

이 때, 뽀루지 주변 1~2mm 되는 곳까지
충분히 넓게 커버해줘야해.

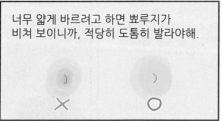

너무 얇게 바르려고 하면 뾰루지가
비쳐 보이니까, 적당히 도톰히 발라야해.

그런 다음에- 티슈로 브러쉬에 남은
컨실러를 닦아 적당히 덜어내고,

브러쉬를 세워서 모의 끝부분으로
경계를 펴주는거야.

뾰루지가 있는 곳은
건드리지 않기!

이 때, 커버한 가운데 부분은
건드리지 말고 뾰루지 주변의
경계만 풀어주는 게 중요해.

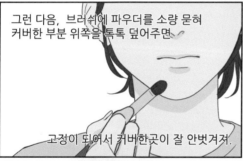

그런 다음, 브러쉬에 파우더를 소량 묻혀
커버한 부분 위쪽을 톡톡 덮어주면

고정이 되어서 커버한곳이 잘 안벗겨져.

흉터나, 넓은 반점 같은것도
이런 식으로 커버하면 돼.

뾰루지가
모여 있을때도
넓게 커버한다면

오!
안보인다
진짜.

근데..
어디서 잡티는
좀 어두운
컬러로 커버해야
한다던데..

어디서 주워들은
건 있어가지고.

헤..

이렇게 뽀루지가 다
아물어서 피부 표면이
평평해진 경우는

근데 한창 여물고 있는
뽀루지는 볼록 튀어나와
있잖아?

그냥 피부랑 똑같은 컬러의
컨실러를 쓰면 되거든.

전에 말했지? 짙은 컬러는 후퇴색이라 들어가 보이는 효과가 있다구.

이 튀어나온 부분을 후퇴색인 피부보다 한 톤 짙은 컬러로 덮어서
평평해 보이는 효과를 노리는 거라고 생각하면 돼.

결국 짙은 컬러를 바르는 건
뽀루지가 덜 도드라져 보이는 효과를
노리는 것이기 때문에,

파우더를 바르면 고정력이 높아지는 동시에
빛이 사라져 눈에 덜 띈다.

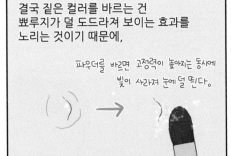

튀어나온 잡티가 아니라면
굳이 어두운 컨실러를 바를 필요는 없어.

오히려 테크닉이 부족한 초보자는
피부톤하고 안맞는 컨실러를 쓰면
얼룩이 지기 쉬우니,

얼룩덜룩

최대한 자기 피부톤하고 비슷한
컬러의 컨실러를 골라서
사용하는게 가장 무난해.

그럼..
이런 주근깨 같은것도
하나하나 커버해야 돼?

그러고 싶으면
그래도 되고.
아니면-

이런
펜슬 컨실러를
쓰면 되지.

사용법도 간단해.
그냥 꾹꾹 동그랗게 굴려서
하나하나 커버해주면 되는거야.

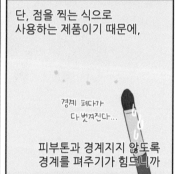

단, 점을 찍는 식으로
사용하는 제품이기 때문에,

경계 펴다가
다 벗겨진다...

피부톤과 경계지지 않도록
경계를 펴주기가 힘드니까

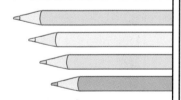

펜슬컨실러야말로
얼룩지지 않도록
정말 피부톤과 똑같은!
컬러를 고르는 게 중요하지.

TIP 지저분한 립 라인을 깔끔하게
정리할 때에도 유용하다.

편하네~

그리고 코 밑이나 눈썹 밑 등
붉은기가 있는 부분은

붉은기가
드러나는 부분들

전에 말했듯이 보색인 그린컬러를 띄는
컨실러를 사용하면 효과적으로 붉은기가 사라지고.

TIP 한톤 밝은 컬러의 컨실러는 자연스러운 하이라이터로 사용할 수 있다.

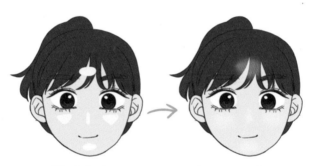

볼륨이 필요한 부분에 얹고,

스펀지로 두드려 펴뜨린 뒤 마무리.

어...
어렵네...

쉬운 게
어딨어, 쉬운 게.

그런가..

경아야-
람이 왔다~

!!!!!!!

뚝
똑

끼익

어, 말도 없이
웬일이야~

?

..이거.

아 만화책~

..늦게 줘서
미안.

....

..영화,

잘 보고
왔냐.

..음
어, 그렇지 뭐.

...

그냥 뭐...
ㅎㅎ..

간다.

!

나오지마-

아줌마 안녕히 계세요-

자, 잘가!

끼익

애가 왜 저러지..

갔어?

응.

애가 맥이 쭉 풀려갖고..

너,

쟤한테 선배랑 영화보러 간다고 말 했어?

어, 했지.

말도 없고
어디 아픈가?
…

….

불쌍한 놈.

…
어, 난데.

술 마시자고.

컨실러 펜슬을 이용한
깔끔한 립 메이크업

1. 립라인이 깔끔하지 않을 경우,
간단하게 펜슬 컨실러를 사용해
깔끔한 립라인을 만들 수 있다.

라인을 한번에 그리려 하기 보다는 여러 라인을 겹쳐 그리듯

2. 그림과 같이,
입술 라인을 따라
컨실러 펜슬을 사용해
살짝 도톰하게 라인을 긋는다.

입술은 건드리지 않고

3. 납작한 컨실러 브러쉬로
2에서 그린 라인의 바깥 부분을
경계가 지지않도록
퍼뜨리듯 그라데이션 한다.

4. 완성!
립스틱으로 라인을 따는 것보다
훨씬 수월하게 깔끔한
립라인 메이크업을 할 수 있다.

야-
의리 없게
벌써 깠냐.

시험 기간에
술 마시자 하고
센스있다? ㅋㅋㅋ

ㅋㅋㅋ
미안

니가 살텐데 뭐~
ㅋㅋㅋ 여기 곱창
2인분 추가요~

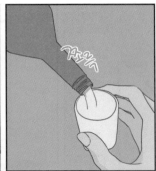

쪼르르

왜, 뭔데?

탁-

너는..

니가 좋아하는 애가 너를 안 좋아하면.

..그거,

어떡할거냐.

김경아 얘기냐?

!!

아- 아니-!

아니기는~

왜 니가 버럭버럭 했는 지 알겠다, 알겠어.

마셔라

.....

왜, 걔가 너 싫대?

205

왜?
왜 싫대?
우리 람이를?!

..그게,

따로,
좋아하는..
사람 있어.

헐.

이~케 잘생긴
우뤼~ 라미를 두고~
누굴 좋아해애~?

쪼욱

니가 아는
사람이야?

움ㅊ

....

끄덕

그, 설마
그 때..
같이 가던 사람?

....

야, 근데 너네 초딩때부터 친구였다며.

정은 무시 못해~ 너보다 오래 안 사람은 아닐 거 아냐, 그 남자가.

....

..그게 더 문제다.

탁

그냥 친구야, 걔한테 나는.

급식 같이 먹고, 학원도 다니고, 진로 고민도 같이 했던.

아, 연애 상담도 했다. ㅋㅋㅋ

니가 그렇게 미적지근하게 나가니까 그런 거 아냐?

아니 야, 봐봐라?
남자든 여자든
일단 고백 하잖아?

그럼 그 다음부턴
신경이 안 쓰일 수가
없어요~

니가 티를
안내니까 걔가..

고백했다가,

차이면?

-

그러면..
초딩 때부터 8년이,
사라지는 거야.

12월에
비 왔었나?

몰라

나라고
고백 할.. 생각,
안해봤겠냐.

근데,
걔가 날 친구 이상으로
생각을 안하니까.

그만 두자.

하지 말자.

야,
사내자식이 차이는 게
무서워서, 어?!
확 질러 걍!!

걔도, 니가
괜찮은 애니까 친구
10년 한거고.

좋은 거에서
사랑으로 가는 건
금방-

나도 그
생각 해봤거든.

내가
괜찮은 놈이니까,
오래 친구 했겠지..

수능 끝은
기념 파티-!

그렇지 않았으면
여태 친구일 수가
없겠지.

..근데

그냥 나
혼자 그렇게
믿고 싶었던
거야.

스스로
괜찮은
놈이라고.

CAFE SOL

어...

음...

초코칩 잔뜩 뿌린
다크 초코
쉐이크요!!!

초코 시럽이랑
휘핑도 많이요!

경아 시험
잘 봤나보네?

헤헤
벼락치기 한 게
나와서-

야, 너도 마셔.
누나가 쏜다!

누나는..

넌
잘 봤냐?

어, 삼촌
난 젤 비싼 거.
민트 초코 쉐이크.

민트
좋아하지도
않는 게

시험 기간에 술 마실 때부터 알아봤다, 내가~

너 술 마셨어? 언제?

..어, 아니, 그, 연습 끝나구. 애들끼리.

시험기간에 웬 술-?!

괜찮아. 난 술 마셔도 이제 살 안찌니까.

너 지금 나 저격하는거지.

아니 뭐, 사실을 말한것 뿐인데요.

아오 한대만 맞아라

그래.

어 나왔다—

앗

그냥..

야,
휘핑이랑 시럽이
칼로리 최고
높은 거 알지.

조용히
해라..?

너도 휘핑
올렸잖아!

이대로가
좋아.

니꺼가
너꺼, 두번은
없는데?

어어
올려—

아오
확

엠티이이이-!!

꺄야아악

그쪽 외곽
도로 타고 가는게
낫겠지?

ㅇㅇ

준영이 운전하는데
안졸게 옆에서
봐주라

준면
다 저세상
가슨거에요

새로 들어온
1학년 엄현지

어어컨
안춥어?

우와아앙!!

애들
신났네
ㅋㅋㅋ

이쪽도
내적 흥분중 →

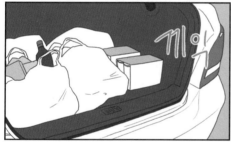

짐은 일단
안쪽에 옮겨놓자~

네~

새로 들어온
1학년 이민혁

어, 그거 혼자 들면 무거울텐데-

아뇨, 괜찮아요.

...

최이현, 키 네가 갖고 있지?!

어, 어-

...기분 탓인가?

악!!

모자 벗는 게
낫지 않아?

아,
그럴려구..

머리도
마저
젖어야지!

빠악

!!!

야-!!!
이 개-!!!!!! 읍!!!!

파웅덩

ㅋㅋㅋㅋㅋ

아하학ㅋㅋㅋ
머리까지 젖으니까
시원하지?!

....

아오...
이민혁 저걸 진짜..
윽.

아오
허리야

217

아하하
ㅋㅋㅋ
야 너 무슨 삽살개
물에 빠진거 같아
ㅋㅋㅋ

풉

...악!!! 하람...컥..!
코에 물 들어갔..큽..
에취!!!

누가 거기
있으래?

물끄럼...

...뭐해?

아 이거 봐요, 선배.

?

민달팽이~

꼬물

꼬물

쓰윽

얘넨 왜 집이 없... 어디 가요?

아니..나는.. 안봐도 괜찮..

첨벙 첨벙

얘들아, 사진 찍자!

더 붙어봐- 다 들어가게.

어, 됐다 됐다!

!

하나, 둘-

...으슬으슬..

나가야겠다.

앗!

!

!!!

어어어-!!

으-아!

..괜찮아!?

!!!!!!!!!

..!
네..네!!!!
죄송해요!!!

아냐, 근데
여기 좀
미끄럽네.

...나가려고?

좀 추..
추워서..!

어, 경아야
저기 긴 타월 있어.
추우면 둘러-

아, 네..!

가서 먼저
씻어, 그럼-
감기 걸려.

네, 그럼
저 먼저..!

후다닥

...

으~

쪽팔려 진짜
ㅠㅠㅠㅠ

요즘
살쪘는데
ㅠㅠ

탁

무거운 거
다 들켰..

..어?

진짜
남아있네..?

엠티 전 날.

계곡?

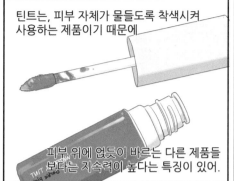

틴트는, 피부 자체가 물들도록 착색시켜
사용하는 제품이기 때문에

피부 위에 얹듯이 바르는 다른 제품들
보다는 지속력이 높다는 특징이 있어.

물놀이 하면서 베이스는 씻겨도
입술, 눈썹 정도만 남아있으면
과히 민낯스럽진 않으니까.

입술과 눈썹은 지속력 높은
틴트를 사용해 메이크업 하면 좋아.

아이브로우 메이크업 용으로
이렇게, 눈썹 틴트 제품도 나와있거든.

붓펜같은
모양이 많다

눈썹에 컬러를 착색시키는 제품이야.

눈썹도 틴트가
있구나..

흐음

물놀이 하기 전날 정도에 발라두면
보통 2~3일 정도 계속 착색 되어 있는 제품이 많아.
집에서 미리 그려놓고 가면 편하지.

사용 방법도, 그냥 눈썹결 방향대로 슥슥 그려주기만 하면 돼.
(제품에 따라 사용법은 달라질 수 있다)

대신, 착색시키는 제품인 만큼
틀리게 그렸을 때 수정이 힘드니
조심조심 그릴 것.

눈썹은
이런 식으로
하면 되고,

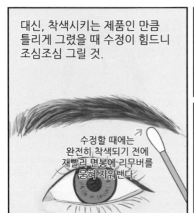

수정할 때에는
완전히 착색되기 전에
재빨리 면봉에 리무버를
묻혀 지워낸다.

립하고 치크는,
같은 틴트를 써서
깔맞춤을
해보자.

우선, 입술이 건조하다면
립밤을 미리 발라두는 게 좋지만,

틴트를 바르기 전에는 립밤을
티슈로 꼼꼼히 제거해 둬야 해.

왜냐면 립밤의 유분때문에
피부에 막이 생겨서
틴트가 얼룩지게 착색 될 수도
있거든.

제대로 안스며든다.

← 틴트

립밤

피부

마찬가지로, 입술 색을 없애기 위해 입술 전체에
파운데이션을 바르고 나서 틴트를 바르는 경우가 많은데,

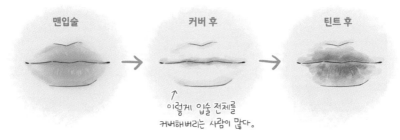

맨입술　　　커버 후　　　틴트 후

이렇게 입술 전체를
커버해버리는 사람이 많다.

그렇게 하면 파운데이션 때문에
틴트가 제대로 착색이 안돼서 얼룩 질 가능성이 커.

그러니까, 먼저
틴트를 입술에 한 번
전체적으로
얇게 바른 뒤에,

그 다음에 립 라인을
커버하는 식으로 바르면
얼룩지지 않게 그라데이션 할 수 있어.

(파운데이션이든 컨실러든
크게 상관은 없다)

1. 틴트를 전체적으로
얇게 바르고,

2. 파운데이션이나
컨실러를 립 라인에 얹고,

3. 살짝 두드려 펴 발라
그라데이션.

이렇게 한 뒤에 건조하다 싶으면 립글로스 등을 추가해 덧바르면 돼.

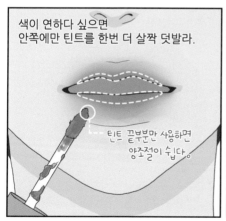

색이 연하다 싶으면
안쪽에만 틴트를 한번 더 살짝 덧발라.

틴트 끝부분만 사용하면
양조절이 쉽다.

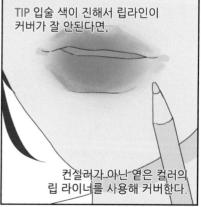

TIP 입술 색이 진해서 립라인이
커버가 잘 안된다면,

컨실러가 아닌 옅은 컬러의
립 라이너를 사용해 커버한다.

그리고 초보자는 물틴트보단 몽글몽글한 로션 제형의 틴트를 사용하는 게 좋은데,

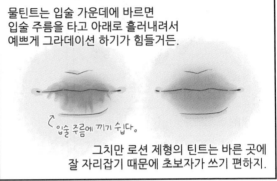

물틴트는 입술 가운데에 바르면 입술 주름을 타고 아래로 흘러내려서 예쁘게 그라데이션 하기가 힘들거든.

입술 주름에 끼기 쉽다.

그치만 로션 제형의 틴트는 바른 곳에 잘 자리잡기 때문에 초보자가 쓰기 편하지.

또, 입술 전체를 다 커버하고 틴트를 안쪽만 바르는 사람도 되게 많은데,

틴트는 착색되는 특성상 다른 립제품에 비해 짙게 발색되거든?

근데 짙은 색은 축소 효과가 있기 때문에 입 자체가 엄청 작아보인단 말야.

본래 입술

입술로 인식되는 범위

심지어 틴트가 발리지 않은 윗입술과 아랫입술은 인중과 턱으로 이어져 보이기 때문에,

입이 작거나 얼굴 여백이 많으면 이렇게 넓게 바르는 걸 추천.

얼굴의 여백이 많아진다

여백이 좁아진다

얼굴의 중안부와 하관이 더 부각될 수 있기 때문에 중/하부가 긴 사람들은 되도록 피해야 하는 방법이야.

니가 예전에 바르고 다녔던 방법 말이야.

떠오르는 흑역사…

아무튼 립은 이렇게 완성을 하고,

볼도 컬러를 맞춰 동일한 틴트를 사용 할건데,

틴트를 볼에 바를 때 중요한 건,
파운데이션 과정 전에 바르는 것이 좋다는 것!

선크림 → 틴트 → 파운데이션

파운데이션 후에 틴트를 바르면
파운데이션의 파우더 입자와 섞여
뭉칠수도 있고, 얼룩이 질 수도 있기 때문이야.

그러니까 파운데이션 바로 전에 (선크림 후) 틴트를 바른 뒤,

파데 전   파데 후

그 위에 파운데이션을 덮어 바르면 여리여리한 치크 메이크업이 되지.

..억… 얼룩 겼어!

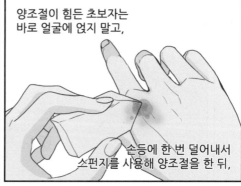

양조절이 힘든 초보자는 바로 얼굴에 얹지 말고,

손등에 한 번 덜어내서 스펀지를 사용해 양조절을 한 뒤,

얼굴에
통통 두드려서
퍼뜨려 발라주면
수월해.

통
통

이렇게 틴트로
메이크업을
하고 나면,

다시 펜션.

물놀이에도
잘 안 없어지는
메이크업이
되지-!

역시..!

상냥가
마리나

오오오

도넛 비싸다고
툴툴 댄 나를
용서해,
마리나..!

싯어야지

훌쩍

지
이
익

지
이
익

자,
고기.

야 탄 거
먹지마~

그럼
너 먹어.

안탄건
내가 가져갈국

!!

안 탄 거
많은데 왜.

냠
고기

냠

22, 23!

25, 26,
27!!!

28, 29..!

30!!!!!!

!

...31...

예이-!

와아-!!!!

원샷!

원샷!

꼴꼴꼴...

마셔라 마셔라
마셔라 마셔라
술이 들어간다-!

끄응...

꺄아아-!!

꾸욱

욱..

어어-!!
꺾어 마시면 안돼!!
안돼 안돼!!

음..!

ㄴㅇ!!

엑 그런 단어가 어딨... 나이!!!

내일!

내원!

누에!

.. 네일!

누나, 아까 내일 했는데요-!

바보야 아이 말고 어이! 네일!! 손토옵-!

아~!

아! 네온! 네온 사인!!

!!!

와-!
경아 걸렸다!!!

자자
받으시고요~

끄끌...

예이~!
원샷! 원샷!

...

쭈욱

...

크으..

와아-!!!

다음-
다음엔
뭐 하지!?

꼬윽

속 버려,
좀 먹어.

아 씐난다
재미난다

더 게임
오브 데쓰!

와-
이혀니 혀엉
진짜 겜신인가봐..

한번도
안 걸렸...

다 뻗었네..

어?
람이는?

아 잠깐
바람 쐰다구
나갔어.

아 그래..?

으응..

야,
최이현.

너, 경아한테
마음 있어?

그-

그게,
갑자기-
무, 무슨..!

아~니, 그냥
물어본건데,
왜 말은 더듬고
그러시나?

!!!!

..괜히 왔나.

....

...에이씨.

끄응..

라면 끓이게?

엄마악!!!!!!

..미안.

...놀랐어..?

!!
..아.

!

일단
라면은 몇 개만
끓이고,

끼익

김치찌개도
끓이자, 애들
밥 먹게.

243

봐봐,
베였어?!

조..
조금.

잠깐,
나 밴드 있어.

....

...?...
...??!...

!!!!

..무..
무슨..!!

큰일 날
뻔 했네.

..!!!!!

어우,
물 넘쳤다.

!!!!!!!!

나 지금
대체 무슨 생각을
-!!!!!!

물 안
튀었지?

..아, 네!!
그럼요!!!
멀쩡해요!!!

김갱-
나 물..

어, 람이 와서
라면 좀 끓여주라.

깜짝

!!!

경아는 저기,
쟤들이랑 같이
앉아있어.
환자니깐.

으어어...

ㅇ..예..!!!
그, 그럼 저는
쉬러..!

...손
다쳤어?!

어, 그..
참, 참치캔!!
까다가!!

가. 라면 물도
드럽게 못 맞추는 게.
뭔 라면을 끓인다고.

넘어질 뻔
했잖아

(무시)

249

응. 과자 먹구 고기 구워 먹구. 아침에 라면 먹구. 김치찌개도.

뭐 종일 먹다 왔냐?

그래서- 재밌었어?

아 근데 확실히 틴트가 물에 안 지워지긴 하더-

어, 다랑언니다.

....

아니, 이거 얼굴이 왜 이렇게 커!?

들이 단체사진 ..내당ㅋㅋㅋ

Copyright ⓒ Yeoeun, 2017

Published by Garden of Books
Printed in Korea

First published online in Korea in 2015 by DAUM WEBTOON COMPANY, Korea

대새녀의 메이크업 이야기 2

초판 1쇄 발행 · 2017년 3월 30일

지은이 · 여은
펴낸이 · 김동하

펴낸곳 · 책들의정원
출판신고 · 2015년 1월 14일 제2015-000001호
주소 · (03955) 서울시 마포구 방울내로9안길 32, 2층(망원동)
문의 · (070) 7853-8600
팩스 · (02) 6020-8601
이메일 · books-garden1@naver.com
블로그 · books-garden1.blog.me

ISBN 979-11-87604-17-4 (04810)
       979-11-87604-18-1 (세트)